SOUVENIRS

DE

VOYAGES.

L'An de Grâce 1840.

MARSEILLE,

IMPRIMERIE DE MARIUS OLIVE, RUE PARADIS, 47.

1841.

SOUVENIRS

DE

VOYAGES.

L'An de Grâce 1840.

MARSEILLE,
IMPRIMERIE DE MARIUS OLIVE, RUE PARADIS, 47.

1841.

SOUVENIRS

DE VOYAGES.

L'AN DE GRACE 1840.

Cᴇ seront de cruels souvenirs que ceux de l'an de grâce 1840 !

Joignez à tous les sinistres que l'on éprouvait , la terreur résultant des prophéties qui semblaient se réaliser, et vous conviendrez, que les plus intrépides pouvaient croire à la fin du monde causée par un nouveau déluge ! — et la vraie fin du monde ! — Car si, lorsqu'il était neuf encore, Dieu, malgré son immense bonté , n'avait trouvé qu'une paire parmi chaque espèce de bêtes , et une famille unique parmi les créatures humaines, dignes d'être employées à l'agréable occupation de repeupler la terre, que serait-ce aujourd'hui, dans ce siècle si corrompu, si pervers?

Le 19 du mois d'octobre de cette funeste année, nous partions pour Gênes, sur le bateau à vapeur la *Maria-Antonietta*.

Le beau temps de la veille avait fait place à un affreux *mistral*,—mistral de Marseille, qui ne le cède qu'à celui d'Orgon, dans la hiérarchie des vents.

Il eut été sage d'attendre;... mais qui est-ce qui veut passer pour sage?

Le capitaine, fut forcé de changer sa route à la sortie du port pour ne pas courir le risque de nous affaler à la côte. Nous cinglâmes entre Pomègues et le Château d'If, pour prendre le vent ensuite.

Jusque-là, c'était peu de chose; mais la violence du mistral augmentant encore, nous eumes le spectacle d'une tempête véritable, qui ne fit que croître pendant la nuit, et qui eut offert quelque danger, sans la force de notre bâtiment.

La hauteur des vagues était telle, qu'elles atteignaient en déferlant le couronnement de la vapeur. Il avait fallu attacher le timonier à son banc, et le second étant monté sur le pont pour s'assurer de la route, avait été jeté si violemment sur le bord opposé, qu'il s'était évanoui sous le choc, et n'avait pu être transporté sans peine dans sa chambre.

Les passagers devaient dès-lors faire une triste figure, et ils s'en acquittaient en conscience! Ceux qui s'étaient d'abord montrés les plus résolus, étaient à plat dans leur cabine, maudissant la mer, le vaisseau, le voyage, et jurant qu'on ne les y reprendrait plus.

Une seule de nos dames, avait mis de l'amour-propre à ne pas éprouver le mal de mer, et elle avait à peu près réussi. Si nous l'eussions écoutée, elle se serait fait attacher auprès du timonier, pour mieux prouver son courage!

Si les femmes employaient cette force de volonté à bien faire, elles seraient toutes adorables.

Nous eûmes pendant la nuit un moment sublime: le ciel était sillonné par des éclairs, la pluie tombait à torrents, le vent dans sa furie déchirait à grand bruit la voile qui nous servait à fuir plus vite; au même instant une vague monstrueuse balayait le pont, et la secousse entraînait et brisait avec fracas les porcelaines, les cristaux et les meubles, suffisamment assurés pour un temps ordinaire, mais non pas contre un semblable ouragan !

Un cri de terreur fut unanime!

Enfin, après 27 heures d'une navigation toujours aussi pénible, nous arrivâmes à Gênes!

GÊNES.

Il ne fallait rien moins que le bel ensemble de ce port circulaire, de ces palais de marbre pressés les uns contre les autres, de ces nombreux clochers, de ces *villas* peintes à fresque, et placées en amphi-théâtre d'une manière si pittoresque sur les collines parfumées qui leur servent de cadre, et qui moti-vent le surnom de *superbe* donné à cette ville, pour nous dédommager de nos souffrances.

Un des nôtres avait été si malade, qu'il invoquait les chances d'un naufrage, comme un moyen de regagner la terre; aussi, lorsque les employés de la salubrité publique trouvèrent sur la *bolletta* de santé, deux personnes de moins que le nombre des

passagers présents — ce qui provenait de deux
jeunes enfants que l'on n'avait pas fait inscrire , —
et que nous fûmes sérieusement menacés de faire
quarantaine à bord, ou de passer outre jusqu'à Li-
vourne , son effroi fut si vrai , qu'il n'y avait pas
moyen d'en rire.

Je doute qu'il se livre de nouveau à ce genre d'a-
musement !

Enfin , après plusieurs pourparlers avec les chefs,
nous pûmes prendre terre.

Nous étions attendus à l'*albergo della villa.* Nous
eûmes à monter quatre-vingt-dix-huit marches
pour parvenir aux appartements qui nous avaient
été préparés; il primo cammeriere, *il signor Andrea,*
coupa court à nos observations, en répondant que
c'était *il quartier nobile* , et qu'il se serait gardé de
loger ailleurs nos excellences. — Nobilissimo même ,
car il n'existait aucun intermédiaire entre le ciel et
nous !

Nous eûmes plus tard la preuve qu'il en était
ainsi dans tous les palais, où les appartements occu-
pés par les maîtres sont les plus élevés.

Les priviléges du port franc, donnent à Gênes de grands avantages sous le rapport du commerce. Le local qui y est affecté n'est toutefois remarquable que par son encombrement, par sa saleté, et par la brutale surveillance des douaniers qui y sont employés.

L'on construit autour du port de vastes magasins surmontés d'une terrasse, qui offrira une agréable promenade d'hiver. Fermés du côté de la mer, ils remplaceront les anciens murs tombant en ruine, en donnant aux arcades situées en face, l'air et le jour dont elles ont été si longtemps privées.

Les rues sont généralement étroites et tortueuses. C'est sans doute pour garantir ceux qui les habitent de l'ardeur du soleil. Elles sont en outre pour la plupart très raides, ce qui n'ajoute pas à leur agrément.

Depuis que les palanquins ont fort heureusement cédé le pas aux voitures, ils faut plaindre les gens qui veulent circuler les jours de pluie.

Cependant la strada Balby, la strada Nuova, celle Nuovissima, celle de Carlo-Felice, sont larges, bien

pavées, et bordées de magnifiques palais de marbre.
Seulement ceux-ci trop multipliés, nuisent réciproquement à l'effet qu'ils devraient produire s'ils étaient
isolés.

Les plus renommés de ces palais sont : le palais
Serra , celui Palavicini , celui Brignolet dans la
strada Nuovissima ; le palais de la reine douairière,
légué par elle aux Jésuites , celui de Spinola et celui
de Durazzo dans la strada Nuova, celui de Philippe
Durazzo strada Balby , et celui d'Andrea Doria ,
situé sur le chemin qui conduit au Phare à la porte
de France et à celle de Milan, plus remarquable
par les souvenirs de ce grand citoyen, que par sa
construction d'assez mauvais goût.

Le palais nouvellement habité par le roi ne devrait
pas être montré aux étrangers ; il faut se contenter
de regarder, de la rue, son péristyle et sa cour d'honneur.

Il en est de même de l'ancien palais ducal, où
des fantômes de toile remplis de foin , tiennent la
place destinée aux statues des doges et à celles des
héros génois.

Ainsi que je l'ai déjà dit, c'est à l'étage supérieur que se trouvent les appartements des maîtres de la maison. De beaux vestibules toujours ouverts, remplacent les coins de rue et souvent même les lieux d'aisance. Les étages inférieurs servent de magasins, et les escaliers sont balayés à tout le plus une fois l'an !

Le luxe des appartements de réception consiste en beaux pavés en mosaïques de marbres précieux, et en de nombreux tableaux ; ils sont tous garnis d'anciens meubles, qui n'ont pas pour la plupart le mérite d'être antiques.

Je citerai les nouveaux travaux en mosaïque du palais de Brignolet, ainsi que deux magnifiques glaces encadrées en style de la renaissance, données par l'empereur Nicolas à l'ambassadeur extraordinaire envoyé à l'époque de son sacre.

Mon ignorance en peinture ne me permet heureusement pas de parler du mérite des tableaux que l'on vante dans chaque galerie, dans chaque église, et chez les moindres particuliers. Si la centième partie seulement provenait des maîtres sous les noms

desquels on les baptise, ce serait sans nul doute la
principale richesse de Gênes !

Les églises sont belles. — La cathédrale moins que
toutes les autres. — Le marbre blanc et noir employés à sa construction, lui donne l'aspect d'un
immense damier fort désagréable à l'œil.

En revanche, l'*Annunziata*, *S.-Ambrogio*, objet
de la prédilection de la jeune Reine, *S.-Stephano*,
et par-dessus toutes *S.-Ciro*, étonnent par la har-
diesse de leur architecture, et par le luxe des marbres qu'elles contiennent.

L'*albergo degli poveri*, hôpital, dû à la munifi-
cence de plusieurs nobles gênois dont les statues
propagent le souvenir, contient dans sa chapelle
une gloire du Puget, et un bas-relief en forme de
médaillon, dû au ciseau de Michel-Ange !

C'est le chef-d'œuvre de ce grand maître. Le marbre a de la vie ! L'on croit entendre les gémissements
de la Vierge ; il semble voir s'exhaler le dernier
souffle de Notre-Seigneur ! Nous y sommes revenus
plusieurs fois, sans pouvoir nous lasser d'admirer
ce bel ouvrage.

La charmante place de l'Aqua-Sola, où l'eau re-
tombe en cascade avant de se diviser dans la ville.
La villa di Negro qui la domine, et où les fleurs et
les arbres les plus rares ont pris racine, sur les débris
d'une ancienne forteresse; la maison de campagne
Palavicini, le jardin d'un autre Palavicini et son
kiosque élevé; la longue suite de beaux aqueducs,
qui vont chercher au loin, et transportent au point
culminant, toute l'eau nécessaire pour les places
publiques et les nombreux jardins particuliers; le
pont de Carignan, qui dépasse de moitié les maisons
les plus hautes, et qui voit se mouvoir à ses pieds
en guise d'eau, les nombreux habitants de ce quartier; les remparts delle Grazie, la délicieuse promenade de Nervy, montrant à gauche les riantes villas
si multipliées sur la route de Lucques, et côtoyant à
droite la mer, au milieu de bosquets de palmiers et
d'orangers, ont successivement rempli nos matinées.
— Le soir, faute de mieux, nous allions au théâtre;
mais rien ne saurait me contraindre, à la longue,
à voir chaque soir les mêmes visages, sous les mêmes costumes, chantant les mêmes morceaux, et
faisant les mêmes grimaces!

Il en est ainsi pour les ballets : tous les bras se lèvent à la fois, la note suivante ce sont les jambes, puis la tête qui tourne tantôt à droite et tantôt à gauche, avec une précision désespérante. L'on se croirait à l'exercice; et comme le spectacle ne change que tous les trois ou quatre mois, que les acteurs sont souvent mauvais, et les figurantes toujours laides, il faut plaindre ou admirer ceux qui s'y rendent exactement.

Nous n'avions plus rien à voir à Gênes, et il nous restait encore quelques jours à employer! Nous eûmes la bonne pensée de nous rendre à Milan.

Il nous fallut attendre les passeports, que nous avions dû faire viser à l'ambassade d'Autriche à Turin.

Arrivés le dimanche, la Chancellerie ne put les obtenir que le lendemain, tant l'observation des Saints Jours est sévère en Sardaigne.

C'est, sauf les pratiques de dévotion, autant à retrancher du calendrier.

N'ayant pas amené de calèche, nous traitâmes avec un voiturier pour tout le voyage.

Il nous en coûtait trois cents francs pour une

bonne voiture, sur laquelle nous tenions six ; pour
ce prix nous avions deux jours francs à passer à
Milan où nous devions arriver de bonne heure le
lendemain, et nous devions payer quinze francs de
plus pour chaque journée, si nous prolongions la
station.

Nous fûmes lestement à Ronco, en franchissant
la haute chaîne des Apennins, employée à la défense
de Gênes, et montrant de magnifiques points de
vue. Le soir nous couchions à Novi, après avoir
parcouru le théâtre de nos premières victoires d'I-
talie.

Le lendemain nous passions le Tésin sur son pont
couvert, au centre duquel se trouve une église; nous
déjeûnions à Pavie, où 1796 a noblement vengé
1525 et François Ier ; et après avoir traversé le Pô,
sur son long pont de barques, avoir subi la visite
assez débonnaire des douaniers, et celle plus mi-
nutieuse des passeports, nous arrivions à Milan,
où à défaut *della Villa*, nous fûmes bien établis
à l'hôtel de la Croix de Malte, à des prix fort modé-
rés.

Nous avions été très-bien en route! Notre conducteur était censé chargé de nous défrayer d'après
nos accords, et nous y trouvions réciproquement
notre avantage. Sans cet arrangement, il nous en
aurait coûté trois fois plus en pure perte.

Ce moyen n'est pas à négliger en Italie.

MILAN.

Nous comptions à Milan sur le beau temps que
nous avions eu depuis notre arrivée à Gênes, mais
à minuit—28 octobre—la pluie commença, pour cesser seulement pendant une heure le 30, et recom-
mencer ensuite sans discontinuer.

Ce fut un véritable *contre-temps*, il fallut tout voir
en voiture, avec un jour sombre, et perdre le charme
que le soleil prête aux localités et aux monuments
qu'il éclaire.

Milan, située au centre d'une vaste plaine, arrosée
par des dérivations du Tésin et de l'Adda qui la
rendent riante et fertile, a toute l'apparence d'une
ville française; elle en a l'esprit, elle en aurait les

sympathies, sans les nombreux plantons autrichiens qui stationnent dans chaque rue, où ils exercent la plus stricte surveillance, — le tout sans préjudice de toutes les autres polices, occultes et patentes!

Notre première visite devait être pour la cathédrale. Plusieurs parties de ce bel édifice attendent un autre *Napoléon* pour être promptement terminées!

Il serait à désirer aussi, que la place qui la précède fut déblayée, de manière à la montrer à une plus grande distance!

Tout y est en marbre! La nef principale d'une prodigieuse élévation, est supportée par d'immenses piliers, dont les chapitaux, d'une forme particulière, sont ornés de statues.

Cinq nefs se partagent l'intérieur de ce vaste monument!

Le pavé est un assemblage de marbres précieux, formant des arabesques; de riches bas-reliefs dont plusieurs en argent, des tableaux renommés, des statues nombreuses parmi lesquelles celle de Saint Barthélemy écorché est vantée de préférence; de riches vitraux coloriés qui communiquent au jour

une teinte mystérieuse ; les fonds-baptismaux, formés d'une cuve antique, transportée dit-on, des
thermes de Maximilien à Rome, où elle servait à des
usages plus profanes ; divers mausolées, et de nombreux autels, décorent l'intérieur du Dôme.

La chapelle souterraine de St.-Charles Borromée,
placée au-dessous de la coupole la plus élevée, est
d'une grande magnificence.

La relique du saint, revêtue de ses habits ponti-
ficaux, est conservée dans une châsse en cristal de
roche.

Les huit côtés de la chapelle sont formés par des
bas-reliefs en argent, dont la matière est le moindre
mérite. Les angles supérieurs sont supportés par des
figures de même métal.

L'on assure, qu'il en a été employé pour plus de
quatre millions ! — Si l'on avait dû payer le travail,
auquel les orfèvres de la ville ont voulu concourir gra-
tuitement, cette somme quintuplée n'aurait pas suffi !

L'on monte ensuite cinq cents douze marches,
pour parvenir au-dessus du Dôme. L'on parcourt
avec étonnement cette myriade de bas-reliefs, d'o-

2

bélisques, de statues de toutes les grandeurs, et toutes d'un travail précieux, auxquels on parvient par divers escaliers, parmi lesquels on se perdrait sans le secours du custode, lequel, selon l'usage, a bien soin d'appeler votre attention sur des détails peu importants, parmi des choses sublimes!

Les ancoules, qui soutiennent et qui décorent l'ensemble du monument, ressemblent à de gigantesques dentelles. La partie supérieure de leurs innombrables ogives, représente les fleurs et les fruits de chaque partie du monde. C'est ce qui les fait désigner sous le nom de Jardin Botanique, dont nous ne pouvions nous rendre compte sans cette explication!

Chaque aiguille est ornée de plusieurs statues, dont les proportions vont en décroissant à mesure qu'elles s'élèvent. — La hauteur de ces aiguilles est telle, que pour apprécier les figures colossales qu'elles supportent à leur cîme, il faut le secours d'une longue vue!

Le nombre de ces statues est fixé à onze mille, il en manque encore un tiers auquel on travaille.... lentement!

L'on monte ensuite par un escalier léger et presqu'à jour, au-dessus de la partie la plus élevée de
cette coupole, et jusqu'aux pieds de la Vierge qui
couronne tout l'édifice. Cette ascension n'est pas sans
quelque danger, surtout quand il fait autant de
vent! L'ensemble du Dôme vu par en haut, et dont
l'on peut ainsi apprécier tous les détails, et l'immense
horizon que l'on découvre, dédommagent ample-
ment de ce surcroît de fatigue.

Nous y avons consacré l'heure de répit que la
pluie nous a laissé!

Napoléon après sa conquête, avait employé des
sommes considérables, aux constructions du Dôme ;
il avait en outre, consacré annuellement dix millions aux travaux d'arts! Ces munificences lui
avaient attiré l'amour des Milanais.

Ceux-ci, trop faibles pour pouvoir être indépen-
dants, préféraient un joug glorieux, et tenaient
compte au vainqueur de tout ce qu'il voulait faire
en faveur de leur ville.

Ces impressions subsistent encore! le rêve des
Milanais serait d'appartenir à la France, et plus

encore de cesser d'être Autrichiens. Aussi, la surveillance dont ils sont l'objet, et le déploiement des
forces tudesques dans la Lombardie, sont-ils par-
faitement motivés en ce sens.

Longtemps et toujours , Milan sera le principal
foyer des idées ultra-libérales de la Jeune Italie.

Après le Dôme, on nous avons usé notre enthou-
siasme, nous ne pouvons plus citer en fait d'églises,
que *Saint-Ambroise*, en faveur de son antique origine, et *Santa-Maria-delle-Grazie*, à cause de la
Cène de Leonardo Vinci, peinte à fresque dans le
réfectoire des Dominicains, et polluée par ceux-ci,
qui, pour manger plus chaud, avaient fait ouvrir
une porte à la place où se trouvaient les jambes de
notre Seigneur, et communiquaient par ce moyen
avec leur cuisine.

Ceci prouverait plus leur gourmandise que leur
goût éclairé pour les arts.

Cette fresque, à peu près détruite par les ans et
par les actes de vendalisme, a été reproduite en
mosaïque de la même grandeur : c'est un chef-d'œuvre, et par la perfection du travail, et par son importance.

C'était encore un don de l'*Empereur*, mais il fallait une année pour le terminer.

Il voulait ainsi transmettre à la postérité, une œuvre désormais à l'abri des ravages du temps. Les fonds nécessaires ont été supprimés ; — l'ouvrage incomplet a été transporté à Vienne......— Ce n'est pas un des moindres griefs des habitants contre leurs nouveaux maîtres.

La place d'armes est immense ; on y ferait manœuvrer une armée. Le cirque est construit à l'un des angles ; il sert d'arène et de naumachie. L'on voit auprès, le bel Arc-de-Triomphe qui termine la route du Simplon, et dont les bas-reliefs, consacrés à *Napoléon* et à la gloire de ses armes, sont censés par un nouveau baptème, et à l'aide de quelques changements, rappeler l'Autriche et son empereur !

Il est surmonté par un char en bronze, attelé de six chevaux de même métal.

Les boulevarts extérieurs, larges et bien plantés, arrosés par les dérivations du Naviglio, conduisent aux diverses portes, parmi lesquelles l'on remarque

la Porte orientale et la Porte neuve. Nous avons
visité ensuite il pallazo *Brera*, où l'on a établi le
Musée ancien et moderne et les diverses écoles; — la
bibliothèque de la ville, — une des cours du palais
épiscopal; — la bibliothèque ambroisienne, célèbre
par ses manuscrits, par de belles fresques incrustées
dans ses murs, et par quelques tableaux des grands
maîtres, — le grand hôpital, — il pallazo Beljojo-
so, — celui Serbellonni; — l'ancien collége helvéti-
que, et nombre d'autres édifices moins remarquables,
que la routine des Ciceroni impose aux voyageurs.

Les seize colonnes qui séparent la rue, en face de
l'église S.-Lorenzo, sont curieuses par leur vétusté
et par leur emplacement. L'on est peu d'accord sur
leur origine, mais l'on s'occupe de leur conservation.

Le théâtre de la Scala est proclamé depuis longtemps le chef-d'œuvre du genre; ses proportions sont
parfaites. La salle est éblouissante de clarté les jours
de gala, où l'illumination est générale. Chaque loge est
garnie de divans et isolée par des rideaux épais;
l'on y reçoit ses visites; l'on y jouit de l'intimité!

En face, l'on a pourvu à d'autres soins! — L'on apprécie ces recherches, sur lesquelles l'on est si peu blasé en France.

Ces loges appartiennent aux riches Milanais, mais il est toujours facile de s'en procurer à un prix modique. L'on n'a plus à payer que *l'ingresso* qui donne accès à toutes les places.

L'Opéra était bon, le ballet bien composé et les figurantes jolies. C'était un immense progrès depuis Gênes, et tout était d'autant mieux, que notre prochain départ nous dispensait des trop fréquentes répétitions.

La salle de *Girolamo* est aussi petite, aussi sombre et aussi malpropre que la première est magnifique; mais c'est un spectacle national qu'il faut voir une fois. — Les autres théâtres étaient fermés.

La pluie ne nous permit pas d'aller à Monza, malgré le chemin de fer qui y conduit rapidement. Il nous fallut, par la même raison, renoncer aux autres courses dans les environs. — C'était contracter l'obligation de revenir.

Le reste de notre temps fut employé à courir les

boutiques, où l'on s'empressait de nous montrer des
marchandises françaises, et où nous étions sûrs
d'obtenir à moitié prix, celles, plus prohibées dont
nous pouvions avoir envie.

Le 30, nous repartions pour Pavie, en nous arrê-
tant à *Binasco* pour visiter la Chartreuse,—plus com-
munément désignée sous le nom de Chartreuse de
Pavie,—et qui renferme des trésors.

Sa facade en marbre statuaire, couverte du haut
en bas de précieux bas-reliefs et de riches dentel-
lures, prépare ce que l'on va voir à l'intérieur. Cette
façade n'est pas complète.

Sa date est 1396. — Sa distance de Milan quinze
milles. — Celle de Pavie, cinq milles. — Sa richesse
incomparable. — Sa conservation étonnante, et faisant honneur aux deux custodi qui partagent ce
soin, avec celui de conduire les curieux qui se suc-
cèdent.

La voûte de la nef principale est élevée et peinte
à fresque. L'intérieur de chaque chapelle est peint
de même par des artistes renommés. Chacune contient un autel en marbre rare, dont le devant et les

côtés sont en incrustations de pierres dures, et surmontés d'un tableau de prix, peint pour la place et
bien dans son jour.

Le tombeau de *Galeace Visconti*, fondateur de
cette Chartreuse est parfait. Seulement, s'il faut en
croire le custode, il n'aurait pas rempli son objet.

Pendant le temps employé à le construire, les cendres du duc ont été égarées, et l'urne destinée à les
contenir est encore vide.

S'il est vrai que l'érection de la Chartreuse fût le
résultat d'un remords, et devait servir à l'expiation
d'un grand crime, ces cendres sont peu regrettables!

Auprès du mausolée, et derrière l'autel de saint
Bruno, où j'ai surtout admiré deux candélabres en
bronze du travail le plus fini, se trouve une vaste
sacristie, revêtue de belles sculptures en bois, et
qui contient plusieurs tableaux vantés à juste titre.

Il Lavatajo et la sagrestia vecchia, sont aux deux
côtés du chœur. Le premier est d'une recherche extrême; l'autre contient des ornements anciens et
des bas-reliefs estimés.

Je ne saurais cependant y comprendre le dessus

de l'autel, en dents d'hypopotames sculptées, qui peut être un chef-d'œuvre de patience, mais qui ne m'a procuré ni surprise, ni plaisir.

L'autre partie de la nef, contient le même nombre de chapelles peintes à fresque, et fermées par des grilles aussi belles, — autant d'autels, — la même quantité de tableaux et de vitraux, — et le même luxe de marbres et de mosaïques en pierres dures. Chacune de ces chapelles ferait la fortune d'une église ordinaire.

J'ai réservé pour la fin le chœur et le sanctuaire, malgré.... ou plutôt à cause de la difficulté d'en rendre compte.

Tout ce que l'imagination peut inventer de plus merveilleux, ne saurait approcher de la réalité. — L'on dirait un conte des Mille et une Nuits. — l'on croirait à la lampe d'Aladin!

Les stalles du chœur sont en bois précieux par leur matière, et bien plus précieux encore par leur travail!

La balustrade du sanctuaire est en marbre rare, incrusté de rubis, d'émeraudes, de topazes, de lapis-lazuli. Les six candélabres qu'elle supporte sont

du métal le plus pur, du travail le plus parfait, et
paraissent inimitables. — L'on a brisé les moules,
afin qu'ils demeurent sans rivaux.

Les statues, les bas-reliefs sont au-dessus de
tout éloge! huit jours ne suffiraient pas pour voir
en détail cette seule partie.

Mais l'autel, son tabernacle, ses sculptures, ses
côtés en pierres dures, son devant réhaussé de
diamants bruts et des pierres les plus précieuses d'un
volume prodigieux, ont coûté des trésors, et valent
bien davantage.

Les plus grands maîtres en tous genres ont riva-
lisé de zèle pour se surpasser réciproquement; le
génie a enfanté le génie, le goût de l'époque venant
en aide à la magnificence du fondateur, ne laissait rien à désirer.

Il devait en résulter une merveille, — on ne l'a pas
attendue vainement!

Les cloîtres, les celules, et jusques au cimetière,
semblent attendre des habitants! Pourquoi ne pas y
établir de nouveaux Chartreux? Ils animeraient ce
tableau, et lui donneraient ainsi la seule chose qui
lui manque.

A regret il nous fallut partir.

La pluie avait commencé à Milan dans la nuit du 27 au 28 octobre. L'horizon était obscurci aussi loin que la vue pouvait s'étendre de son Dôme si élevé... Elle était tombée le même jour, à la même heure, dans tous les lieux où nous passions! Ainsi, depuis l'extrémité de la Lombardie, jusqu'au centre de la France, c'était un véritable déluge! partout la même persistance, partout les mêmes résultats.

Les moindres ruisseaux étaient transformés en torrents, les fleuves rompaient leurs digues pour se répandre au loin dans la campagne, les arbres étaient déracinés, les récoltes perdues, les habitations menacées.

Lors de notre premier passage, le Tésin manquait d'eau, et le Pô était si bas, qu'il avait fallu attacher notre voiture pour qu'elle pût franchir sans danger les trois mètres presqu'à pic qui séparaient son pont du niveau de la route. A notre retour, il fallut employer les moyens contraires, le pont dépassait la route de trois mètres, et nous eûmes à descendre. ainsi, six mètres de différence en trois jours, malgré la largeur du fleuve, et l'invasion des eaux dans la plaine.

Le Tésin s'était gonflé dans la même proportion, le Lemme et la Polvera, se partageant les deux revers de la *Bocchetta*, entre *Arqueta* et *Pontedeccimo*, roulaient leurs eaux avec fracas! — Un jeune enfant venait d'être entraîné par elles, sans qu'il fut possible de lui porter secours!

Hélas! hélas! c'était bien peu de chose auprès de ce qu'il me reste à dire!

Nous sommes repartis de Gênes le 2 novembre, pour nous rendre à Nice par la Corniche.

C'était le seul moyen de ne pas nous séparer de nos compagnons de voyage, fort agréables tant qu'il ne s'agissait ni de bateaux ni de roulis; mais intraitables sur ce chapitre.

Le seul tort de la Corniche était, selon eux, de montrer la mer de trop près.

Nous cotoyâmes les bords du golfe, au milieu des plus délicieux jardins. Nous traversâmes ainsi *Voltri*, *Savonne* et *Finale*, mais partout sur notre route tous les ponts étaient emportés, leurs piles

roulaient au loin dans les torrents , et il nous fallait
franchir à gué, et non sans quelque danger, ces
obstacles imprévus.

La nuit augmentait les difficultés, et ces épisodes
n'étaient pas tous également agréables.

A l'extrémité du golfe on traverse un tunel assez
prolongé; plus tard, nous déjeûnions à *Alassio*, nous
traversions *Oneglia* sans nous y arrêter, nous arrivions à *Port-Maurice* par une route presqu'entière-
ment taillée dans le roc, et après avoir franchi les
forêts d'oliviers, qui produisent une huile plus
abondante que délicate, nous passions la Rotta sur
un pont presqu'en ruine, et qui tremblait sous le
poids des eaux , et nous gravissions une côte à pic ,
au centre de *Vintimiglia*.

Au delà, nous trouvions cette partie de la route
si hardie, qui, tracée parmi les nids d'aigles, semble offrir de si grands dangers, et ne serait pas
exempte d'accidents, sans l'habitude , cette seconde
nature, qui exerce son influence sur les bêtes comme
sur les humains.

Nous apprîmes à *Menton* que nous étions dans la

principauté de Monaco, par l'importance que l'on mit à visiter nos passeports, et les difficultés de l'autorité locale.

Nous nous empressâmes de nous conformer *à l'usage*, et nous reçûmes en revanche force salutations et des souhaits sans nombre pour notre route!

Enfin, après avoir passé sur un pont suspendu en miniature, et pour lequel, je crois, l'on avait creusé un fossé tout exprès sur la route; — avoir gravi pendant plus de trois heures, et descendu pendant deux autres heures la nouvelle route en corniche qui couronne les montagnes les plus rapprochées de Nice, nous sommes arrivés assez fatigués, mais enchantés de ce voyage, malgré la pluie battante qui ne nous avait pas abandonnés.

Il en fut ainsi le lendemain!

Nous passions le pont du Var au galop, dans la crainte de le voir emporté sous nos pas. Nous trouvions *Antibes*, *Cannes* et *Fréjus*, sous l'eau, et formant un contraste frappant avec les sapins de l'Esterel, encore charbonnés à cause d'un récent incendie.

Cependant, en véritables touristes, nous allions voir les restes du théâtre romain d'Antibes. Nous couchions sur nos notes l'arrivée de Napoléon à Cannes, comme si nous étions les premiers à l'apprendre; et nous parcourions à Fréjus les débris de ses aqueducs, et quelques autres vestiges d'un amphithéâtre et d'un temple, qui contribuent bien moins à la renommée de cette ville, que ses anchois, vantés à juste titre!

Peu après nous apprenions de nouveaux et plus tristes détails.

Tous les départements, depuis le Var jusqu'à l'extrémité de Saône-et-Loire, voyaient en même temps, et toujours dans la nuit du 27 au 28 octobre, des torrents de pluie succéder à une sécheresse prolongée.

Des neiges précoces et abondantes, amoncelées sur les hautes montagnes de la Suisse et de la Savoie, n'ayant pu être consolidées par les gelées, étaient entraînées en masse, redevenaient eau en tombant dans le fleuve, et concouraient à sa crue rapide.

Le Rhône ainsi élevé, faisant refluer la Saône déjà débordée sur toutes ses rives, venait encore accroître ce sinistre.

Enfin, celle-ci, dépassant à Lyon toutes les limites, entraînait ses ponts avec fracas, renversait toutes les maisons de Vaise, faisait irruption sur les quais, et venait confondre ses eaux à celles du Rhône, au centre de la ville, et sur les terrains des Brotteaux et de Perrache, transformés en étangs !

Tout le long du Rhône pareils désastres. Les ponts emportés, les routes envahies, les habitations détruites, les troupeaux entraînés, le tocsin sonnant l'alarme, les actes de bravoure et de dévouement se renouvelant sans cesse ! Mais partout aussi la mort, la misère ou la faim !

Parmi tant de scènes de désolation, je me bornerai à dire celles dont j'étais le plus rapproché; ainsi je serai certain d'être vrai ! D'ailleurs, à peu de chose près, elles étaient partout semblables.

Le 27, le Rhône était si bas, que la navigation avait été interrompue depuis longtemps.

Le 28, les eaux s'élevaient d'une manière effroyable !

3

Le 29, Avignon était envahi! L'on a constaté qu'un quart des maisons avaient eu de l'eau au-dessus du premier étage, les neuf dixièmes dans leurs rez-de-chaussée, et toutes, sans exception, dans leurs caves!

Le 30 et le 31, elles s'élevaient toujours, et dé-passaient toutes les précédentes inondations!

Les populations des îles du Rhône, plus exposées, avaient dû chercher un refuge sur les toits, dans les églises, et sonnaient le tocsin en même temps qu'elles tiraient des coups de fusil!—Elles se voyaient condamnées à mourir de faim, ou à être noyées! — Tout secours semblait impossible!

Les murailles de Beaucaire tremblaient sous le poids de l'eau! Les portes barricadées, murées à chaux et à sable, avaient soustrait la ville aux pre-miers dangers. Mais ce soin devenait inutile. C'était par en haut que le fleuve allait se frayer un passage! Toute la population devait immanquablement périr!....

A Avignon, l'on ne pouvait dès les premiers jours communiquer d'un quartier à l'autre, qu'à l'aide de bateaux.

L'on avait établi des radeaux pour franchir de moindres distances.

Dans la ville basse l'eau atteignait aux seconds étages. Il ne restait que deux fours en état de servir, tous les autres avaient disparu, et il fallait pourvoir aux besoins d'une population de vingt mille âmes, augmentée de tous ceux qui y avaient cherché un refuge.

Tarascon et Arles éprouvaient le même sort. Les digues supérieures s'étaient rompues, et avaient livré passage aux eaux dans la plaine.

Tout d'un coup le fleuve s'abaisse, et il est facile d'en pressentir la cause!

Les chaussées au-dessous de Beaucaire venaient de crever. Cinq brêches se succédaient de ce côté, Cinq autres donnaient, peu après, passage aux eaux sur la rive gauche.

Celles de Rognonas et de Boulbon cédant à leur tour, tout le territoire entre la Durance et la mer, tout celui entre le Rhône et Aigues-Mortes, — en Provence et en Languedoc, — étaient dans un instant couverts à un grande hauteur!

Le fleuve entraînait tout par ces nouveaux pas-
sages. Les brèches s'élargissaient. Celle plus rappro-
chée de Beaucaire formait un gouffre de plus de
huit cents mètres de largeur sur neuf mètres de pro-
fondeur, et par laquelle des montagnes de gravier
venaient prendre la place de ce sol, naguère si fertile
et si bien cultivé.

L'on pouvait croire au moins que ces vastes issues,
en donnant un écoulement aux eaux du Rhône, di-
minueraient leur furie, que ces nouveaux désastres
soulageraient ceux qui avaient déjà tant souffert!!!

Une fatalité devait y mettre obstacle!

· Un vent d'est des plus violents portant les vagues
à la côte, les eaux, au lieu de s'écouler à la mer,
étaient constamment repoussées; ainsi, elles re-
fluaient vers les brèches, et le Rhône augmentait de
nouveau!

Un convoi de wagons, venant par le chemin de
fer de Nîmes, allait arriver à Beaucaire, lors de
l'irruption des eaux.

Le conducteur, prévenu par le convoi qu'il avait
croisé en route, déployait la plus grande vitesse,

pour parvenir à sa destination avant que les eaux ne vinssent lui opposer un obstacle invincible.

La lutte était établie entre l'inondation et la locomotive. — Entre l'eau et le feu !

Mais la rapidité de la marche fut insuffisante contre l'accroissement des eaux. Le chemin de fer fut envahi, les chaudières éteintes ; le convoi fut fixé sur ses rails, et il fallut envoyer des barques pour ramener les voyageurs !

Des bateaux à vapeur, qui se trouvaient heureusement sur les lieux, passaient par les brèches, et allaient là où la force du courant ne permettait pas aux moindres barques d'atteindre, secourir les malheureux habitants des campagnes, porter des vivres à ceux qui n'avaient à craindre que la faim, sauver la vie à ceux qui semblaient dévoués à une mort prochaine!

Cent vingt-deux personnes furent recueillies à la fois sur la seule berge en face du mas de Tribert.

Les eaux entraînaient pêle-mêle les bestiaux, les fourrages, les grains, sous les yeux des malheureux dont ils étaient naguères la richesse et l'espérance !

Des chevaux sauvages des marais d'Arles s'étaient mis à la nage, et leur instinct les avait conduits vers la ville, où ils étaient entrés en franchissant les barricades! Un des gardiens fut ainsi ramené par le cheval auquel il s'était confié.

Le pont de Crau, qui formait déjà un obstacle à l'écoulement des eaux supérieures, menaçait d'être encombré par les meules de foin et par les débris de toute sorte, que les eaux entraînaient.—Force fut de les incendier au passage, et de confondre ainsi les deux fléaux les plus redoutables!

· Mais dans les moments d'un danger imminent, les moyens les plus sages sont trop souvent poussés à l'extrême.

Au lieu de se borner à ces mesures de précaution, la populace éperdue allait porter la flamme dans les cabanes de bergers, sur les meules de foin, et sur les gerbiers de paille que l'eau ne devait pas atteindre.

Ainsi, ceux qui auraient échappé à l'inondation, étaient ruinés par l'incendie.

Ces mêmes eaux regorgeaient par les marais de Fos.

Maintenues par les berges du Canal de Navigation, elles allaient se frayer un passage vers les
étangs d'Engrenier et de Lavalduc, dont le niveau
est à huit mètres au-dessous de la mer, à onze mètres
au-dessous de celles qui les menaçaient, et les anéantir à jamais!

Ces étangs, — dont l'un est à vingt-un degrés de
salaison, quand la mer qui l'avoisine n'en contient
que trois et demi, — qui est entouré de vastes salines,
— aux bords duquel se trouvent la belle fabrique de
produits chimiques du Plan d'Aren, créée par Chaptal,
et celle de Rassuen, — dont la Gabelle cherchait vainement jadis à neutraliser la puissance, par tous les
moyens possibles, pour empêcher la fraude, ont été
rendus à leur ancien propriétaires, et livrés à l'in-
dustrie, mais à la condition de subir un impôt mons-
tre dont le taux s'élève à soixante-cinq fois la valeur
du produit! — Ils représentent plusieurs millions!

Les efforts des nombreux travailleurs réunis sur
ce point, allaient devenir inutiles! La gorge s'élar-
gissait à mesure que les eaux s'élevaient, et la digue
en terre, qu'on était réduit à leur opposer, devenait
impuissante!

Un cri parti de la foule signale la rupture des berges du Canal, comme l'unique chance de salut dans ce péril extrême !

Une ouverture de six mètres devient dans un instant un gouffre immense !... Le but que l'on se proposait était rempli ! Les eaux franchissant le Canal, et se répandant sur la plage, les étangs et les riverains étaient désormais à l'abri !

Partout les communications étaient interrompues, et partout on éprouvait les horreurs de la faim ! Cet isolement donnait lieu à des récits exagérés, qui ne pouvaient être démentis, et qui venaient accroître la terreur ! Les cris des enfants, les gémissements des femmes, l'air morne des hommes réputés les plus braves, formaient un horrible tableau.

Avignon envahi le premier, et encore plus mal traité, avait demandé des vivres aux populations voisines qui n'avaient pas été atteintes ! Chacun s'était empressé de répondre à cet appel, mais les ressources s'épuisant, il fallut organiser des convois, pour transporter, de plus de vingt lieues, du pain, des légumes secs, et des objets de première nécessité.

L'on se relayait en route;—à une lieue d'Avignon, les charrettes étaient remplacées par des barques, qui amenaient au pied des remparts ces secours bienfaisants ; des hommes les hissaient sur les murailles, d'autres barques les recevaient à l'intérieur et allaient les distribuer sous la direction des commissaires, suivant les besoins les plus urgents, mais non pas à suffisance !

Une jeune et jolie femme, mariée à Aix, et se trouvant dans sa famille, craignant de lui être à charge, voulant rassurer son mari, et peut-être aussi se soustraire au régime forcé qui lui était imposé, dut prendre ce chemin pour sortir de la ville. Hissée à l'intérieur, accueillie au dehors et déposée à terre, elle vint le lendemain nous confirmer ces détails.

Les rues, les caves, partie des maisons, regorgeaient d'une vase impure, qui recélait les cadavres des bestiaux, des reptiles et des insectes, surpris et entraînés plus haut.

A tant de maux devait donc encore se joindre la crainte d'une peste à peu près certaine. Ainsi, l'a-

venir au lieu d'offrir quelque espérance, ne servait
qu'à assombrir le présent!

Que de douleurs pendant ces jours d'angoisses.—
Des familles entières suivant avec effroi les progrès
de l'eau, prète à les atteindre! — Des mères voyant
venir la mort, et s'oubliant elles-mêmes, ne redou-
tant que le moment où leur faiblesse viendrait
trahir leur dévouement. — Des hommes exténués de
fatigue et de besoin, et travaillant quand même
pour le salut de tous!

Que de traits sublimes passés inaperçus!... . Con-
servons au moins le souvenir de ceux qui ont pu
être recueillis!

La garnison de la Tour du Rhône manquait de
tout! Personne n'osait franchir une aussi grande distance, au milieu de la lutte que les vagues et le
fleuve se livraient à son embouchure. Les bateaux
à vapeur étaient arrêtés par des obstacles insurmontables. Les moindres barques devaient être bri-
sées ou submergées mille fois, sans aucune chance
probable de succès! Les récompenses promises pour
arracher ces malheureux à leur sort demeuraient
sans effets!

Trois hommes se présentent et se dévouent. Ils périront, ou ils parviendront à la Tour avec leur barque chargée de vivres! Ils refusent l'or qu'on leur propose!... L'appât du gain est impuissant, là où les nobles sentiments inspirent des actions héroïques!

Ils emportent en partant les vœux et les bénédictions de tous ceux qui les admirent.

Pendant plusieurs jours leur sort fut incertain ; mais la Providence leur était venu en aide. Ils furent trouvés dans le fort, lorsque les communications purent être rétablies. Ils y étaient parvenus après mille dangers, après des efforts inouis, et avaient ainsi accompli leur mission.

Le pont de bateaux d'Arles, emporté tout d'abord, ne laissait plus aucune communication avec le faubourg de Trinquetailles ; au milieu de la nuit la plus obscure, lorsque les eaux étaient les plus rapides, des cris de détresse se font entendre sur la rive opposée... Le Rhône venait de s'y frayer un nouveau passage!

Quatre hommes se jettent dans une barque, traversent le fleuve furieux, et s'assurent qu'une maison habitée, en face de la brèche, va être emportée par les eaux !

Il fallait franchir une sorte de cataracte qui rendait le péril encore plus imminent.

Les cris des malheureux l'emportent sur toute autre considération. Dieu les protége! L'obstacle est surmonté.... Ils s'amarrent à l'étage supérieur!.... Une mère avait attaché trois de ses enfants sur des planches suspendues à la toiture. Elle était debout sur son lit, tenant le quatrième dans ses bras. L'eau avait déjà atteint à sa ceinture. Rien ne semblait pouvoir la soustraire à la mort!..... Elle venait d'être délivrée!

Trois autres femmes furent arrachées au même danger !

Quelques instants plus tard cette maison n'existait plus.

Ces nobles cœurs, qui doivent être signalés, étaient *François Fusa*, *Antoine Moullinier*, *Bourges* et *Bellon!*

La femme sauvée avec les quatre enfants, se nommait *Rouvière-Verd*. Les autres étaient étrangères,

et s'étaient réfugiées la veille sous son toit hospi-
talier !

Un garde du Canal, après avoir mis sa famille à
l'abri du danger, voulut retourner à son poste !

Lorsque sa maison eut été emportée, il pensa que
son devoir était accompli ; mais il ne pouvait plus
franchir à la nage l'immensité des eaux dont il était
entouré. Deux tonneaux flottants, réunis par lui,
formèrent un radeau, et s'abandonnant à la merci
du vent, il parvint à la terre, après plusieurs heures
d'une lutte constante et trop prolongée.

Le lendemain, le brave Bellon périssait victime
d'un nouvel acte de dévouement, ne laissant d'autre héritage à sa nombreuse famille, qu'une renommée bien chèrement acquise.

L'autorité avait organisé plusieurs services de
sauvetage, dans diverses localités ; mais ils ne par-
venaient pas toujours à emmener ceux qu'un sombre
désespoir semblait fixer sur le théâtre de leur ruine.
Plusieurs refusaient ce secours, dans l'espoir de
recueillir quelques débris de leur mobilier, ou quelque partie de leur troupeau.

Ils le réclamèrent vainement ensuite !....

Un détachement envoyé pour protéger les digues, ne s'échappait que par miracle.

Tous les habitants de la plaine de Fourques, de Bellegarde, de St.-Gilles, etc., bivouaquaient, ainsi que ce qu'ils avaient pu réunir de leurs bestiaux et de leurs effets, sur les parties de la chaussée qui leur semblaient moins menacées.

Ils voyaient flotter de toute part des charrettes attelées, des charrues avec leurs bœufs, des troupeaux entiers, surpris dans les chemins ou sur les champs plus éloignés, entraînés avant d'avoir pu trouver un refuge, et poussant d'affreux mugissements.

...... Enfin la pluie avait cessé! Les torrents supérieurs rentraient dans leur limite. Après vingt-deux jours, le Rhône se retirait aussi, et l'on pouvait apprécier l'immense réalité des dégâts qu'il avait causés!

Ils dépassaient toutes les prévisions, mais hélas tout n'était pas fini.

Les fermes, les clôtures, les granges, construites la plupart en pisé, s'écroulaient en masse à mesure que les eaux, en s'abaissant, livraient au contact de l'air leurs parties imbibées. Plusieurs, bâties plus solidement, et qui semblaient devoir résister davantage, éprouvaient le même sort.

La campagne ne présentait que des ruines, et les eaux en se retirant précipitamment, causaient encore ainsi de nouveaux malheurs.

La première malle-poste qui traversait La Pallud, faisait écrouler une maison derrière elle, et en ébranlait plusieurs autres. Il fallut placer des personnes aux deux extrémités de la ville, pour obliger les voitures à aller au pas.

Les routes étaient couvertes de malheureux, — désormais sans asile, — qui contemplaient leurs champs dévastés, leur fortune détruite.

Quelques-uns, reprenant courage, essayaient de rendre à la culture les terrains que les eaux délaissaient. Mais cinq fois de suite la recrudescence du fleuve vint anéantir leurs travaux. Il eut fallu y apporter de prompts et puissants remèdes, auxquels le funeste système de centralisation mettait des obstacles insurmontables, — travailler sans relâche à boucher les brèches, et ne les abandonner que lorsqu'elles seraient devenues insubmersibles.

Force fut donc de se borner aux ressources de la localité, qui partout étaient insuffisantes; et tandis que les plans étaient discutés à Paris, le Rhône venait détruire tous les ouvrages que l'insuffisance de fonds avaient laissés imparfaits.

Terminons ici ce funeste tableau.

Parlons des bienfaits prodigués à ses victimes!

Disons que l'intérêt fut unanime! —que toutes les classes de la société, d'un bout de la France à l'autre, voulurent s'y associer,—que l'étranger vint y joindre ses sympathies, — et si les maux étaient sans remède, la reconnaissance n'en fut pas moins motivée.

·Espérons que des siècles s'écouleront sans reproduire de pareilles catastrophes, ou que du moins l'exemple aura servi pour s'en garantir, et en empêcher les cruels résultats.

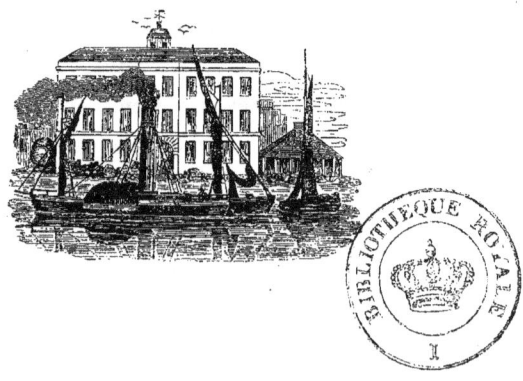